だいわ文庫

サン=テグジュペリ 星の言葉

齋藤 孝＝選・訳

大和書房

選者のことば

星の光のように優しく しみ込んでくる言葉たち

この本は、『星の王子さま』の作者として知られるサン＝テグジュペリの言葉を選んで編《あ》んでいます。

サン＝テグジュペリは、さまざまなコンプレックスを抱えて人生を生きた人でした。

仕事がうまくいかないこと、貴族の出身ではありますが、彼が生まれたときにはすでに没落していたこと、女性にいまいちモテないということ……などなど。

彼は、「飛行士」という職業に出会ってはじめて、そうしたコンプレックスから解放されます。狭い「自分」という枠《わく》を飛び越えて、星々の間を飛びながら、さっきまで自分の立っていた大地を見る――。彼は飛行士となり、さらに作家となってからも、ずっと手探りで人生を歩みました。

そうして紡《つむ》がれた彼の言葉は、私たちと「一緒に歩いてくれる言葉」です。

周りの人がみんな嫌いに思えたとき、自分のふがいなさにうんざりして自信が持てなくなったとき、やってしまったことに後悔したとき……。

そんな、少し心が弱ったときに、太陽のような強烈な光ではなく、夜空にひそかに瞬《またた》く星の輝きのように、優しく、ふっとしみ込んでくる言葉たちです。

彼の原書には、「エッセンシャル」という言葉と「ヒューマン」という言葉がたくさん出てきます。

「エッセンシャル」は、「本質的なこと」「もっとも大切なこと」「かけがえのないもの」。

「ヒューマン」は、「人間」です。

サン＝テグジュペリは、「人としてどう生きるべきか」、そして、「人間にとって、大切なことは何なのか」をずっと探し求めた作家でした。

私もその視点にたって、『星の王子さま』だけではなく、彼のさまざまな著作から、独立してパワーを持つ言葉を選んで訳しました。

短く切り取ることで、その言葉が持つ本来の力がより際だつようにしたつもりです。

また、言葉に付いている見出しは、その言葉の力を生活の中で活かしていくきっかけになるように考えてつけました。

疲れたとき、淋しいとき、自分が嫌いになりそうなとき——。そんなときに、この言葉たちがあなたの心を癒すことがあれば、こんなに嬉しいことはありません。

2006年２月　齋藤 孝

もくじ

選者のことば 3

1 孤独な夜に

夜のベランダで 16
自分がちっぽけに思えても 18
毎日に疑問を感じたら 20
帰ってこられる場所 22
ひとりでいるのがつらいとき 24
明日が不安なとき 26
心を決めたいとき 28
ささやかな行い 30
自由のなかの孤独 32
生きることに疲れたら 34
悩みがたくさんあって、押しつぶされそうでも 36
気がゆるんだときに 38

心ない行為を見た日　40
ついてない日でも　42
卑怯な自分を知った日には　44
楽しいことがなかった日　46
大切なものを見失いそうなら　48

2　ほんとうの友だちに出会うには

親友って　52
わかり合えたとき　54
ともに生きる　56
気持ちがすれちがう人　58
友だちなんていらないと思ったら　60
ウワサ話に傷ついたら　62
友だちになりたい人とは　64
ともに頑張った戦友と　66

3　恋をしたら

人を好きになるということ　70
あの人を想って　72
相手をふりむかせたくても　74
「気持ち」を伝える日に　76
好きすぎて苦しいとき　78
遠距離で会えなくても　80
会えない夜　82
見返りは求めない　84
恋のもたらす効果　86
電話がこなくても　88
自分ばかり尽くしている気がしたら　90
恋人とケンカしたら　92
ずっと一緒にいたい　94

4　「おとな」になるということ

困難にぶつかったとき　98
未熟な自分を感じたら　100
危機を乗り越えたら　102
勇気とは　104
イヤなヤツと会った日　106
お母さんとケンカしたとき　108
理不尽なことがあっても　110
ホームシックの日に　112
満たされない？　114
人がうらやましくても　116
愛する人の死とは　118
人生は　120

5　悩みごとをかかえている人へ

一歩が踏み出せないのは　124
何が正しいのかわからない日も　126
気合を入れたい日　128
うまくいかないことって　130
プライドが傷ついたとき　132
自分勝手なふるまいをした日　134
不公平だと思うのは　136
豊かさってなに？　138
自信過剰になってない？　140
逃げたくなっても　142
「生きる」意味　144
新しい挑戦のとき　146
何もかもいやになっても　148

6　仕事と誇り

働くことの意味って？　152
やることが多すぎて疲れたら　154
やりがいを感じない？　156
給料が安くても　158
意見が割れたら　160
苦しいことは　162
将来に不安を感じたら　164
毎日が繰り返しに思えたら　166
自分の仕事に疑問を感じたら　168
決まりごとがばからしく思えても　170
やりたいことがみつかったら……　172

出典一覧　174

翻訳協力／井田海帆（テレシス）

サン＝テグジュペリ　星の言葉

1 孤独な夜に

夜のベランダで

Chacune signalait,
dans cet océan de ténèbre
le miracle d'une conscien

この暗闇の海のような平原。
そこに灯《とも》るひとつひとつの灯火《ともしび》は、
人間の心という奇跡が
存在することを示している。

自分がちっぽけに思えても

uand nous prendrons conscience de notre rôle,
ême le plus effacé,
ors seulement nous serons heureux.

ぼくたちは、

たとえどんな小さなものであろうと

自分の役割を自覚したときにだけ

幸福になれる。

毎日に疑問を感じたら

鉱物のつみ重なりである
この地球の上では
空想することは、ひとつの奇跡だ。

Sur
une
assise
de
minérau
un
songe
est
un
miracle

帰ってこられる場所

armi tant d'étoiles il n'en était qu'une qui composât,
our se mettre à notre portée,
e bol odorant du repas de l'aube.

これほどたくさんの星があっても

夜明けの香り高い一杯のコーヒーを

ぼくたちに用意してくれるのは、

この地球だけだ。

ひとりでいるのがつらいとき

大切なのは、

自分が生きた証《あかし》が

どこかに残っていることだ。

ちょっとした習慣。

家族と過ごした休暇。

思い出のつまった家。

大切なのは、

もう一度家に帰るために

生きることだ。

Je me disais donc :
L'essentiel est que demeure quelque part ce dont on a vécu
Et les coutumes. Et la fête de famille. Et la maison des s

明 日 が 不 安 な と き

Il sait qu'une fois pris dans l`événe
les hommes ne s'en effraient plus.
Seul l'inconnu épouvante les hommes

いったん出来事のうずの中に
身をおいてしまえば
人はおびえないものだ。
人を不安にさせるのは
未知のことだけだ。

心を決めたいとき

ors seulement nous pourrons vivre
paix et mourir en paix,
r ce qui donne un sens à la vie
nne un sens à la mort.

生きることに意味を与えてくれるものは

死にも意味を与えてくれる。

ささやかな行い

あの農夫たちは、

自分たちのランプが

ささやかなテーブルだけを

照《て》らしていると思っている。

だが、彼らから80キロ離れたところまで、

その灯《あか》りの呼びかけは届いている。

まるで彼らが無人島から海に向かって、

そのランプをゆらしているかのように。

Ces hommes croient que leur lampe luit pour l'humble tabl
mais à quatre-vingts kilomètres d'eux,
on est déjà touché par l'appel de cette lumière,

自由のなかの孤独

ais cette liberté lui parut amère :
lle lui découvrait surtout à quel point
manquait de liens avec le monde.

どこにでも好きな方に歩いていける。

ぼくは自由だ……。

だが、この自由はほろ苦かった。

世界と自分が

どれだけつながっていないかを

思い知らされた。

生きることに疲れたら

La vie se contredit tant,
on se débrouille comme on pe
Mais durer, mais créer,
échanger son corps périssable

人生は矛盾だらけだ。

やれるようにやるしかない。

それでも人生は続いていく。

悩みがたくさんあって、
押しつぶされそうでも

人生には解決法なんかないんだ。

あるのは、前に進む力だけだ。

解決法は、後からついてくるものさ。

Robineau, dans la vi

y a des forces en m

気がゆるんだときに

ただし、君、忘れずにいたほうがいい。

君の飛ぶ雲海《うんかい》の下にあるのは、

死の永遠なのだ。

心ない行為を見た日

悲しい。

心の奥底まで悲しい。

この時代には、

人間的なものが

いっさい欠けている。

ついてない日でも

rce que les événements,
les commande, pensait Rivière,
ils obéissent, et on crée.

出来事というのは

人が命じて起こすものだ。

出来事は、私たちに服従する。

私たちが事を生み出すのだ。

卑《ひ》怯《きよう》な自分を知った日には

自己犠牲、危険、死に至るほどの忠誠。

これこそ

人間の高貴さをつくる修練の場だ。

たとえば

郵便飛行に命を懸けるパイロット。

たとえば

伝染病の患者の顔の上にかがみこむ医者。

楽しいことがなかった日

大事なのは、重々しいことじゃない。

微笑《ほほえ》むだけでいい。

人は微笑みで報われる。

人は微笑みで生かされる。

命を捨ててもいい、と思うほどの

微笑みさえあるのだ。

L'essentiel, le plus souvent, n'a point de poids.
L'essentiel ici, en apparence, n'a été qu'un sourire.
Un sourire est souvent l'essentiel.

大切なものを見失いそうなら

Adieu, dit le renard.
Voici mon secret. Il est très sim
on ne voit bien qu'avec le cœur.
L'essentiel est invisible pour les

「さよなら」

と狐は言った。

「ぼくの言ってた秘密っていうのはね、

とても簡単なことなんだ。

心で見なければ、ものごとはよく見えない。

大切なことは、目に見えないんだよ」

ほんとうの友だちに 出会うには

2

親友って

ien, jamais, en effet, ne remplacera le compagnon perdu.
n ne se crée point de vieux camarades.
ien ne vaut le trésor de tant de souvenirs communs,
e tant de mauvaises heures vécues ensemble, de tant de
rouilles, de réconciliations, de mouvements du cœur.

ほんとうのところ、

失った仲間の代わりになるものは、

何ひとつない。

昔からの仲間を

つくり出すことはできない。

あれほどたくさんの共通の記憶、

ともに味わったあの苦境。

たび重なる言い争いと和解、

あの心のときめき。

この宝物にまさるものは何もない。

わかり合えたとき

On s'éla

d'autre

他者の意識を発見することで、

人は自らを解き放つ。

git par la découvert

consciences

ともに生きる

人間であるとは

すなわち、責任を持つということである。

人間であるとは

自分には関係がないように思われる悲惨《ひさん》さを

目の前にして恥を感じることである。

人間であるとは

仲間が勝ち得た勝利を

誇りに思うことである。

人間であるとは、

手にした石を据《す》えることで、

自分が世界の構築に携《たずさ》わっていると

感じることである。

Être homme, c'est précisément être responsable.
C'est connaître la honte en face d'une misère qui ne sembl
C'est être fier d'une victoire que les camarades ont rempo

気持ちがすれちがう人

Quand vous leur parlez d'un nouvel ami,
elles ne vous questionnent jamais sur l'ess

君たちが

新しい友だちの話をしても、

おとなは肝心《かんじん》なことは

聞きません。

友だちなんていらないと
思ったら

n'est qu'un luxe véritable,
c'est celui des relations humaines.

本当の贅沢《ぜいたく》というものは、

たったひとつしかない。

それは人間関係に恵まれることだ。

ウワサ話に傷ついたら

人は、機《き》知《ち》を見せつけようとすると
ちょっと嘘をついたりする。

Quand
on
veut
faire
de
l'esprit
il
arrive
que
l'on
mente
un
peu.

友だちになりたい人とは

まずは、結び目をつくることだよ。

ともに頑張った戦友《とも》と

勝利は友情の結実《けつじつ》だ。

恋をしたら

3

人を好きになるということ

Ce qui embellit le désert,
dit le petit prince,
c'est qu'il cache un puits qu

砂漠が輝いているのは、

どこかに井戸を

隠しているからなんだ。

あの人を想って

もし誰かが

何百万もの星のなかの

たったひとつの星にしかない

一本の花を愛していたなら、

そのたくさんの星をながめるだけで

その人は幸せになれる。

Si
quelqu'
aime
une
fleur
qui
n'exist
qu'à
un
exempl
dans
les
million
et
les
million
d'étoile
ça
suffit
pour
qu'il
soit
heureu
quand
il
les
regarde

相手をふりむかせたくても

Pour se faire aimer,
il suffit de plaindre.
Je ne plains guère ou je

人に好かれるには
同情しさえすればいい。
でも、ぼくはめったに同情しないし、
同情しても隠すことにしている。

「気持ち」を伝える日に

君はまだ

ぼくにとってはほかの10万人の男の子と

何も変わらないただの男の子だ。

ぼくは君のことが必要じゃない。

そして、君もぼくのことが必要じゃない。

ぼくは、君にとってはほかの10万もの狐と

何も変わらないただの狐だ。

でも、もし君がぼくをなつかせれば

ぼくらはお互いを必要とするようになる。

君はぼくにとって

世界で唯一無二《ゆいいつむに》のものになる。

ぼくも君にとって

世界で唯一無二のものになる。

Tu n'es encore pour moi qu'un petit garçon
tout semblable à cent mille petits garçons.
Et je n'ai pas besoin de toi. Et tu n'as pas besoin de moi

好きすぎて苦しいとき

ぼくがこれほど

あなたに執着しているのは、

たぶんあなたを

自分で勝手につくりあげているからだ。

遠距離で会えなくても

C'est aussi

dit le rena

決まりごと。

忘れられていることだけど

これがあるからこそ

ある一日や

ある時間が

スペシャルになるわけさ。

uelque chose de trop

C'est ce qui fait qu

会えない夜

expérience nous montre qu'aimer ce n'est
oint nous regarder l'un l'autre mais regarder
nsemble dans la même direction.

愛するとは、

互いに見つめ合うことじゃない。

ふたりで同じ方向を見ることだ。

見返りは求めない

希望なく愛することは

絶望ではない。

無限においてしか結ばれないことを

意味するだけだ。

星は途中で消え去りはしない。

与えて、

与えて、

与え尽《つ》くすことができる。

恋のもたらす効果

夜、

耳をすませて息をひそめているとき、

刺すような沈黙が訪れる。

愛する人を思い出すとき、

憂《うれ》いを秘めた沈黙が訪れる。

電 話 が こ な く て も

ひとりひとりの個人は、

それぞれひとつの世界なのだ。

自分ばかり
尽《つ》くしている気がしたら

C'est le temps que tu as
perdu pour ta rose
qui fait ta rose si impor

君がそのバラのために使った時間が、

君のバラを

そんなにも大切なものにしているんだ。

恋人とケンカしたら

沈黙の一秒一秒が、

ぼくの愛する人を少しずつ殺してゆく。

Chaque
second
de
silence
assassi
un
peu
ceux
que
j'aime.

ずっと一緒にいたい

ある偶然が

人の心に愛を目覚めさせる。

すると一切が

この愛を中心にして秩序立てられる。

この愛が

「これからもつづいていく」という

未来を想わせる。

4

「おとな」になる
ということ

困難にぶつかったとき

L'homme se découvre quand
se mesure avec l'obstacle.

人間は、

障害にむきあったときに

自らを発見するのだ。

未熟な自分を感じたら

努めなければならないのは、

自分を完成させることだ。

危機を乗り越えたら

Ce que j'ai

jamais

ぼくは断言する。

ぼくが成し遂げたことは、

どんな生き物も

いまだかつて成しえたことはないと。

ait, je le jure,

e bête ne l'aurait fa

勇 気 と は

Mais je me moque bien du
mépris de la mort.
S'il ne tire pas ses racines

死に無頓着《むとんちゃく》なのは、

大したことではない。

命知らずであることが

自分から引き受けた責任に

根ざしたものでなければ

それは心の貧しさ、

または若気《わかげ》の至《いた》りの表れにすぎない。

イヤなヤツと会った日

この、人間の憎悪《ぞうお》、友情、喜びの演技が、
なんと貧弱な舞台の上で
演じられていることか！

Dans quel mince décor se joue ce vaste jeu des haine

お母さんとケンカしたとき

Toutes les grandes personnes on
d'abord été des enfants.
(Mais peu d'entre elles s'en sou

すべてのおとなは、
最初は子どもだったのです
（でも、それを覚えている人は
ほんの少ししかいません）。

理《り》不《ふ》尽《じん》なことがあっても

子どもは、おとなを、

大《おお》目《め》に見てあげなくちゃいけない。

Les
enfants
doivent
être
très
indulge
envers
les
grandes
personn

ホームシックの日に

me demande, dit-il,
les étoiles sont éclairées afin que chacun
uisse un jour retrouver la sienne.

星が光って見えるのは、

誰もがいつか、

じぶんの星に

帰っていけるためなのかなあ。

満 た さ れ な い ？

探しているものは、たった一輪のバラや
ほんの少しの水の中にも見つかるはずだ。

Et cependant ce qu'ils cherchent pourrait être trouvé dans

人がうらやましくても

自分の内側を見てみても、
ぼくは自分以外のものと
出会ったことがない。

愛する人の死とは

Mais,
dans
la
mort
d'un
homme,
un
monde
inconnu
meurt,

ひとりの人間の死とともに、

未知の世界がひとつ失われる。

人 生 は

人間は

快《こころよ》さとか、幸福とか、

安らぎによってではなく、

自分の人生の中で

大半を占めるものによって

支配されて生きている。

人は、常に自分自身の核へと向かう。

それこそが

人間をとらえる複雑な網目なのだ。

5

悩みごとを
かかえている人へ

一歩が踏み出せないのは

en est trop qu'on laisse dormir.

眠ったままにされている人間が
あまりに多すぎる。

何が正しいのか
わからない日も

自分の思考の正確さを育てられるのは、

たゆまぬ訓練によってだけだ。

それが人間のもつ

もっとも貴重なものだ。

気《き》合《あい》を入れたい日

人間は

精神に支配されているのだ。

L'homm
est
gouver
par
l'Espri

うまくいかないことって

やり方もたしかに悪いが、

むしろ

ものごとを見る眼力《がんりき》が

欠けているのだ。

プライドが傷ついたとき

On prend de grands airs,
nous les hommes, mais on
dans le secret du cœur,
l'hésitation, le doute, le c

ぼくたち人間は

堂々とした振りをしていても

心の奥では

とまどいや、疑いや、苦しみを

知っている。

自分勝手なふるまいをした日

人の偉大さは、

いつでも自己の外にある目的から

生まれる。

自分を自己の内側に閉じこめたとたんに、

その人は貧しくなる。

不公平だと思うのは

階級だとか実業家だとか金持ちだとか。

こうした観念はばかげている。

存在するのは人間だけだ。

こういう区別をしてしまった時点で、

すべてを誤ったことになる。

豊かさってなに？

人は

自分の存在を確固としたものにしてくれて、

自分の心を

豊かに響《ひび》かせてくれるもののほうへ向かう。

自分にとって実《みの》り豊かで

心に響くものであれば

たとえ貧しさだって懐《なつ》かしむものだ。

自信過剰になってない？

自己満足ほど

不思議な力をもつものはない。

自分の役割、重要さ、功績に対する

あの関心の強さ。

自分へのほめ言葉を聞いたときの

あのばかみたいな姿はなんてことだろう。

人を成長させるのは

外部のものごとなのに

なぜ自分の内側のことばかりに

気をとられるのか。

逃げたくなっても

脱出はどこへも人を導《みちび》くことはない。

「生きる」意味

Il y a dans toute foule,
pensait Rivière,
des hommes que l'on ne dis
et qui sont de prodigieux m

群衆の中には、

目立たなくとも、

非《ひ》凡《ぼん》な使命を帯びた人間がいる。

彼ら自身にもその自覚はないのだ。

新しい挑戦のとき

真理とは発見するのではない。

創造するのだ。

何もかもいやになっても

「自分に責任がある」と

感じているのならば、

誰も絶望することはできない。

6 仕事と誇り

働くことの意味って？

ほんとうに大切なものとは
仕事がもたらす至《し》上《じょう》の喜びや
悲惨さや危険ではないだろう。
大切なのは
そうしたものによって育てられる
考え方だ。

やることが多すぎて疲れたら

que d'autres ont réussi,
peut toujours le réussir.

ほかの人たちが成功したことなら、

自分もきっと成功できるはずだ。

やりがいを感じない？

仕事だからやらなければいけないこと。

それが、世界を変え、充実させる。

Ainsi, les nécessités qu'impose un métie

給料が安くても

n travaillant pour les seuls biens matériels,
ous bâtissons nous-mêmes notre prison.
ous nous enfermons solitaires,
ec notre monnaie de cendre qui ne procure rien qui vaille

物質的な財産のためだけに働くことで、
ぼくたちは自ら牢獄《ろうごく》を築《きず》くことになる。
生きるに値《あたい》するものを
何ひとつ手に入れることのできない
灰のようなお金によって、
ぼくたちは
自分を孤独の中に閉じこめる。

意見が割れたら

空《くう》理《り》空《くう》論《ろん》を論じてなんになる？

すべてが証明可能ならば、

すべては反証可能だとも言える。

A
quoi
bon
discute
les
idéologi
Si
toutes
se
démontr
toutes
aussi
s'oppose
et
de
telles
discuss
font
désespé
du
salut
de
l'homme

苦しいことは

On fait un travail d’homme et
l’on connaît des soucis d’homm

人間にふさわしい仕事をすることで、
人としての憂いや苦しみを知る。

一人前の仕事をしてみて、
はじめて人としての気づかいを知る。

将来に不安を感じたら

Je m'allong

仕事と誇り　164

fruit je

仰《あお》向《む》けに寝《ね》転《ころ》がり

果実をすすり

流れ星を数える。

ぼくはこうして

ほんの少しのあいだ、

無上の幸福を感じる。

sur le dos, je suce r

nte les étoiles filan

毎日が繰り返しに思えたら

elui qui donne un coup de pioche veut connaître
n sens à son coup de pioche.

つるはしを打ち込む者は、

そのつるはしのひと突きの意味を

知りたくなるものだ。

自分の仕事に疑問を感じたら

点灯夫《てんとうふ》が街灯に灯《ひ》をともすとき、

それはまるで彼が新しい星や

一輪の花を誕生させたかのようです。

彼が街灯の灯を消すときに、

その花も星も眠ります。

これはとてもステキな職業です。

ステキだから、

ほんとうに役に立つのです。

Quand il allume son réverbère, c'est comme s'il faisait na
Quand il éteint son réverbère,ça endort la fleur ou l'étoi
C'est une occupation très jolie.

決まりごとが

ばからしく思えても

Le règlement, pensait Rivière,
est semblable aux rites d'une reli

規則というものは

宗教の儀式に似ている。

ばかげて見えるが

人間を鍛《きた》えてくれる。

やりたいことが
みつかったら……

この人たちは幸せだ。
なぜなら彼らは
自分のしている仕事が好きだからだ。

Ces
homme
sont
heureu
parce
qu’ils
aiment
ce
qu’ils
font,
et
ils
l’aimen
parce
que
je
suis
dur.

出典一覧

「Terre des Hommes」（邦題：『人間の土地』）
P. 16, 18, 20, 22, 26, 28, 32, 38, 52, 54, 56, 60, 82, 92, 98, 100, 102, 104, 106, 118, 124, 154, 156, 158, 160, 162, 164, 166

「Le Petit Prince」（邦題：『星の王子さま』）
P. 48, 58, 62, 70, 72, 78, 80, 90, 108, 110, 112, 114, 168

「Vol de Nuit」（邦題：『夜間飛行』）
P. 30, 34, 36, 42, 74, 144, 170, 172

「Lettre à un Otage」（邦題：『ある人質への手紙』）
P. 24, 46, 86, 128, 132

「Pilote de Guerre」（邦題：『戦う操縦士』）
P. 66, 94, 116, 142, 148

「Carnets」（邦題：『手帖』）
P. 134, 136, 140, 146

「Un Sens à la Vie」（邦題：『人生に意味を』）
P. 40, 44, 88, 152

「Lettres de Jeunesse」（邦題：『若き日の手紙』）
P. 76, 126, 130

「Cher Jean Renoir」（邦題：『親愛なるジャン・ルノワールへ』）
P. 120, 138

「Lettres à sa Mère」（邦題：『母への手紙』）
P. 64

「Écrits de Guerre, 1939-1944」
（邦題：『心は二十歳さ―― 戦時の記録 3 』）
P. 84

サン=テグジュペリ
(Antoine de Saint-Exupéry)
フランスの飛行家にして、作家。1900年生まれ。12歳のときに初めて飛行機に乗ったことが、空への夢を育む。1944年、コルシカ島の基地から偵察飛行に飛び立ち、行方不明となる。主な作品に『星の王子さま』『夜間飛行』『人間の土地』『戦う操縦士』などがある。

齋藤孝(さいとう・たかし)
1960年静岡県生まれ。東京大学法学部卒業後、同大大学院教育学研究科博士課程等を経て、明治大学文学部教授。専門は教育学、身体論、コミュニケーション論。
ベストセラー作家、文化人として多くのメディアに登場。『声に出して読みたい日本語』(草思社)など著書多数。

だいわ文庫

サン=テグジュペリ 星《ほし》の言葉《ことば》

著者 齋藤《さいとう》 孝《たかし》=選・訳

2006年3月15日第1刷発行
2022年9月25日第10刷発行

発行者 佐藤 靖
発行所 大和《だいわ》書房
東京都文京区関口1-33-4 〒112-0014
電話 03-3203-4511

ブックデザイン 鈴木成一デザイン室
本文印刷 歩プロセス
カバー印刷 山一印刷
製本 小泉製本

ISBN978-4-479-30012-0
乱丁本・落丁本はお取り替えいたします。
http://www.daiwashobo.co.jp